LE

DUC DE BORDEAUX

BATARD.

PROTESTATION

DU

DUC D'ORLEANS,

AUJOURD'HUI LOUIS-PHILIPPE Ier,

ROI DES FRANÇAIS,

CONTRE LA NAISSANCE DU PRÉTENDU

DUC DE BORDEAUX.

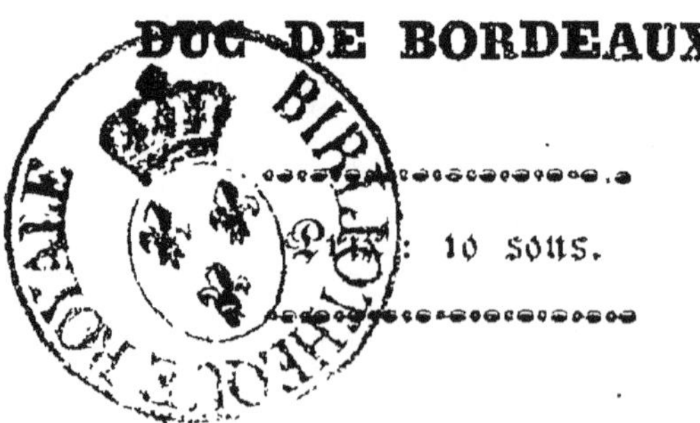

10 sous.

PARIS,

JULES LEFEBVRE ET Cie, RUE DES GRANDS-AUGUSTINS, N° 18.

AOUT 1830.

Le duc de Bordeaux n'est qu'un bâtard, un enfant supposé : les preuves en sont claires, palpables. Sa naissance fut un scandale, et de tous les scandales de la restauration le plus odieux, peut-être, le plus coupable assurément. Il faut donc que les Chambres aient hâte d'examiner les pièces de ce procès entre la nation et ceux qui l'ont jouée; il faut qu'elles fassent justice d'une criminelle jonglerie ; qu'elles déclarent enfin à la face de l'Europe, que le duc de Bordeaux n'est qu'un bâtard.

Que vont devenir alors les utopies de M. de Mortemart, les rêveries de M. Châteaubriand, les criailleries de M. Conny, les larmes, les soupirs de M. Berryer? Adieu, légitimité! adieu, droit divin! Nous n'entendrons plus la tribune nationale retentir de l'éloge du *vertueux Charles X* (1); nous ne serons plus

(1) M. de Martignac, séance du 7 août.

4

assourdis de plaintes et de regrets sur le sort de *l'innocent enfant du malheur* (1).

Depuis dix ans le crime est consommé ; et c'est aujourd'hui seulement que nous élevons la voix pour le dévoiler : personne ne s'en étonnera. La presse, baillonnée en France par d'odieuses lois, a-t-elle permis depuis dix ans de faire entendre une juste plainte contre les attentats de la Couronne ? Qu'importe d'ailleurs le retard ; il est toujours temps de redresser la fraude ; le point important, d'ailleurs, n'est pas ici d'obtenir justice contre qui l'a commise, mais d'en signaler les auteurs à l'opinion publique, d'exposer au grand jour une trame grossièrement ourdie ; de porter une facile conviction dans des esprits que la vérité frappera (2).

(1) M. le duc de Mortemart, séance du 4.

(2) Un rapprochement singulier complète la série des ressemblances entre les destinées de la famille des Stuarts et de celle des Capets.

A l'époque de la révolution d'Angleterre, en 1688, Jacques II avait un fils. Il fut constaté à Londres que ce jeune prince était un enfant supposé. Après une feinte grossesse, au moment indiqué pour l'accouchement d

Cette fraude, d'ailleurs, a été constatée dès le lendemain même du jour où elle fut commise. Un personnage auguste, celui qui, parmi tous les Français, avait l'intérêt le plus puissant comme citoyen, le plus direct comme prince, à ce qu'elle ne demeurât pas quelque jour impunie, a hautement protesté contre la prétendue naissance d'un fils de la duchesse de Berry. Cet acte de noble courage, de patriotique loyauté, reçoit aujourd'hui sa récompense, et le faux Henri V ne règnera pas; il ne portera jamais cette couronne que la France arrache aux débiles mains qui voulurent la lui transmettre par un crime.

Le prétendu duc de Bordeaux est né à Paris, le 29 septembre 1820. La protestation du duc d'Orléans, faite authentiquement le

la reine, l'enfant avait été apporté dans la chambre, et introduit dans le lit de la reine, dans une bassinoire. Les grands officiers présens avaient été dupes de ce stratagême.

Pour l'accouchement de la duchesse de Berry on n'a pas tant fait de façons: ce n'est qu'après que tout fut bien préparé que l'on appela le public pour achever la pièce par un coup de théâtre.

lendemain 3o, paraissait cinq jours après, imprimée officiellement dans tous les journaux anglais.

Nous la publions aujourd'hui : c'est au peuple, que l'on a trompé, qu'il importe surtout de la connaître; les députés, les pairs, qui seront appelés bientôt à prononcer sur les faits qu'elle contient, doivent la méditer.

PROTESTATION DU DUC D'ORLÉANS.

« S. A. R. déclare par les présentes qu'il
» proteste formellement contre le procès-verbal,
» daté du 29 septembre dernier, lequel acte
» prétend établir que l'enfant nommé Henri-
» Charles-Ferdinand-Dieudonné est le fils lé-
» gitime de S. A. R. Madame, duchesse de
» Berry.

» Le duc d'Orléans produira en temps et
» lieu les témoins qui peuvent faire connaître
» l'origine de l'enfant et sa mère. Il produira
» toutes les preuves nécessaires pour rendre ma-
» nifeste que la duchesse de Berry n'a jamais été
« enceinte depuis la mort infortunée de son

» époux ; et il signalera les auteurs de la ma-
» chination dont cette très - faible princesse a
» été l'instrument.

» En attendant qu'il arrive un moment fa-
» vorable pour dévoiler cette intrigue, le duc
» d'Orléans ne peut s'empêcher d'appeler toute
» l'attention sur la scène fantastique qui,
» d'après le susdit procès-verbal, a été jouée
» au pavillon de Marsan.

» Le *Journal de Paris*, que tout le monde
» sait être un journal confidentiel, annonça le
» 20 août dernier le prochain accouchement
» dans les termes suivans :

» Des personnes qui ont l'honneur d'appro-
» cher la princesse nous assurent que l'accou-
» chement de S. A. R. n'aura lieu que du 20 au
» 28 septembre.

» Lorsque le 28 septembre arriva, que se
» passa-t-il dans les appartemens de la du-
» chesse ?

» Dans la nuit du 28 au 29, à deux heures
» du matin, toute la maison était couchée et les
» lumières éteintes. A deux heures et demie la
» princesse appela ; mais la dame de Vathaire,
» sa première femme de chambre, était endor-

» mie ; la dame Lemoine, sa garde, était ab-
» sente, et le sieur Deneux, l'accoucheur, était
» déshabillé.

» Alors la scène changea. La dame Bourgeois
» alluma une chandelle, et toutes les personnes
» qui arrivèrent dans la chambre de la duchesse
» virent un enfant qui n'était pas encore déta-
» ché du sein de la mère.

» Mais comment cet enfant était-il placé ?

» Le médecin Baron déclare qu'il vit l'enfant
» placé sur sa mère, et non encore détaché
» d'elle.

» Le chirurgien Bougon déclare que l'en-
» fant était placé sur sa mère, et encore atta-
» ché par le cordon ombilical.

» Ces deux praticiens savent combien il est
» important de ne pas expliquer plus particu-
» lièrement comment l'enfant était placé sur
» sa mère.

» Madame la duchesse de Reggio a fait la dé-
» claration suivante :

» Je fus informée sur le champ que S. A. R.
» ressentait les douleurs de l'enfantement. J'ac-
» courus auprès d'elle à l'instant même, et
» en entrant dans la chambre, je vis l'enfant

» sur le lit, et non encore détaché de sa
» mère.

» Ainsi, l'enfant était sur le lit, la duchesse
» dans le lit, et le cordon ombilical introduit
» sous la couverture.

» Remarquez ce qu'observa le sieur Deneux,
» accoucheur, qui, à deux heures et demie,
» fut averti que la duchesse ressentait les dou-
» leurs de l'enfantement, qui accourut sur-le-
» champ auprès d'elle sans prendre le temps
» de s'habiller entièrement, qui la trouva
» dans son lit et entendit l'enfant crier.

» Remarquez ce que vit madame de Goulard
» qui, à deux heures et demie, fut informée
» que la duchesse ressentait les douleurs de
» l'enfantement, qui vint sur-le-champ, et
» entendit les premiers cris de l'enfant.

» Remarquez ce que vit le sieur Franque,
» garde-du-corps de Monsieur, qui était en
» faction à la porte de S. A. R., et qui fut la
» première personne informée de l'événement
» par une dame qui le pria d'entrer.

» Remarquez ce que vit le sieur Lainé,
» garde - national, qui était en faction à la
» porte du pavillon de Marsan, qui fut invité

» par une dame à monter , monta, fut intro-
» duit dans la chambre de la princesse, où il
» n'y avait que le sieur Deneux et une autre
» personne de la maison, et qui au moment où
» il entra observa que la pendule marquait
» deux heures trente-cinq minutes.

» Remarquez ce que vit le médecin Baron ,
» qui arriva à deux heures trente-cinq minu-
» tes , et le chirurgien Bougon, qui arriva
» quelques instans après le sieur Baron.

» Remarquez ce que vit le maréchal Suchet,
» qui était logé par ordre du roi au pavillon
» de Flore , et qui, au premier avis que
» S. A. R. ressentait les douleurs de l'enfante-
» ment, se rendit en toute hâte à son apparte-
» ment, mais n'arriva qu'à deux heures qua-
» rante-cinq minutes, et qui fut appelé pour
» assister à la section du cordon ombilical
» quelques minutes après.

» Remarquez ce qui doit avoir été vu par le
» maréchal de Coigny, qui était logé aux Tui-
» leries par ordre du roi, qui fut appelé lors-
» que S. A. R. était délivrée, qui se rendit en
» hâte à son appartement, mais qui n'arriva

» qu'un moment après que la section du cor-
» don avait eu lieu.

-» Remarquez enfin ce qui fut vu par toutes
» les personnes qui furent introduites après
» deux heures et demie jusqu'au moment de
» la section du cordon ombilical, qui eut lieu
» quelques minutes après deux heures trois
» quarts.

» Mais où étaient donc les parens de la prin-
» cesse pendant cette scène qui dura au moins
» vingt minutes? Pourquoi, durant un si long
» espace de temps, affectèrent-ils de l'aban-
» donner aux mains de personnes étrangères,
» de sentinelles et de militaires de tous les
» rangs? Cet abandon affecté n'est-il pas pré-
» cisément la preuve la plus complète d'une
» faute grossière et manifeste? N'est-il pas évi-
» dent, qu'après avoir arrangé la pièce, ils se
» retirèrent à deux heures et demie, et que,
» placés dans un appartement voisin, ils atten-
» dirent le moment d'entrer en scène et de
» jouer les rôles qu'il s'étaient assignés.

» Et, en effet, vit-on jamais, lorsqu'une
» femme, de quelque classe que ce soit, était
» sur le point d'accoucher, que, pendant la

» nuit, les lumières fussent éteintes ; que les
» femmes, placées auprès d'elles, fussent en-
» dormies ; que celle qui était plus spéciale-
» ment chargée de la soigner, s'éloignât ; que
» son accoucheur fût déshabillé, et que sa fa-
» mille, habitant sous le même toît, demeurât
» plus de vingt minutes sans donner signe de
» vie.

» S. A. R. le duc d'Orléans est convaincu
» que la nation française et tous les souverains
» de l'Europe sentiront toutes les conséquen-
» ces dangereuses d'une fraude si audacieuse
» et si contraire aux principes de la monar-
» chie héréditaire et légitime.

» Déjà la France et l'Europe ont été victimes
» de l'usurpation de Bonaparte. Certainement,
» une nouvelle usurpation, de la part d'un
» prétendu Henri V, amèneraient les mêmes
» malheurs sur la France et sur l'Europe.

» Fait à Paris, le 30 septembre 1820. »

Cet acte important, où les plus minutieuses
circonstances ne sauraient être indifférentes,
recevra bientôt son complément par la pu-

blication des détails particuliers qu'il énonce. Bientôt le nom de la véritable mère de *Dieu-donné* ne sera plus un mystère ; et si nous ne jugeons pas encore le moment venu d'exposer au grand jour cette iniquité tout entière, c'est par une involontaire commisération pour l'infortune, encore respectable, toute méritée qu'elle soit.

Paris a fait justice d'un pouvoir sans foi : encore un jour, et le sol français ne supportera plus Charles X. Avec lui fuit la jeune princesse, qui, seule de sa famille, sut se concilier quelque part de l'affection du peuple. Tardons jusqu'à son départ pour publier sa honte ; sa honte ! car ce qui est un crime dans la classe privée, ne saurait être seulement une faiblesse à la Cour.

RAPPROCHEMENS HISTORIQUES.

RÉVOLUTION ANGLAISE.	RÉVOLUTION FRANÇAISE.
	Capets.
Les Stuarts.	Les Bourbons.
Charles Ier.	Louis XVI.
Résistances du parlement.	Assemblée des notables.
Refus de subsides.	Refus de subsides.
Parlement cassé.	Serment du jeu de paume.
Long parlement.	Assemblée constituante et législative.
Effervescence croissante.	Effervescence croissante.
Charles Ier à York.	Loui sXVI à Versailles.
Guerre civile.	Émigration, Vendée, etc.
Fuite de Charles pris à l'île de Wight.	Fuite de Louis a Varennes.
Jugement et mort de Charles.	Jugement et mort de Louis.
République anglaise.	République française.
Olivier Cromwell, protecteur.	Bonaparte, consul.
Parlement dissous.	18 brumaire.
Chambre nouvelle.	Sénat.
Despotisme militaire et puissance extérieure.	Despotisme militaire et puissance extérieure.
Alliance de Cromwell avec Mazarin et Louis XIV.	Mariage de Napoléon avec une archiduchesse d'Autriche.
Chute de Richard Cromwell.	Chute de Napoléon.
Général Monck.	Talleyrand, Fouché, etc.
Restauration.	Restauration.
Charles II.	Louis XVIII.
Promesse de maintenir la constitution.	Charte.
Amnistie (excepté les régicid.)	Idem.
L'armée de Cromwell licenciée.	L'armée de la Loire licenciée.
Triomphe des royalistes.	Triomphe des royalistes.
Discussions parlementaires.	Idem.
Les whigs et les torys.	Les libéraux et les ultras.
Réaction catholique et royaliste.	Réaction catholique et royaliste.
Mort de Russel et de Sydney.	Mort de Berton, Bories, etc.
Influence du duc d'Yorck, frère du roi.	Influence du pavillon Marsan.
Jacques II.	Charles X.
Belles paroles à son avènement ; déception.	Idem.
Triomphe des catholiques et des torys.	Triomphe des jésuites et des ultras.
Jeffryes et ses complices.	Ministères Villèle et Polignac.
La nation indignée.	Idem.
Guillaume de Nassau.	Philippe d'Orléans.
Chute de Jacques et des Stuarts, appelée *révolution glorieuse.*	Chute de Charles et des Bourbons, *révolution glorieuse.*